不良少年

工藤幸雄

思潮社

不良少年《ふりょうせうねん》

工藤幸雄

装画＝坂本佳子

不良少年ほか

檻

けだもののうろついてゐる
熱帯の野原のなかで
私は檻《をり》のなかにとぢこもり
一日をすごしたことがあつた

暑い陽が妙にあぢけなく
植物がみんな茶いろに見え
大きな果物が地面におちて

どろどろにくさつてゐた

けだものはをりをり檻のなかをのぞき
私をねらひ眼を光らせ爪を立て
それからおもむろに
欠伸《あくび》をするのであつた*

ぼくは拾つた一本の葉巻を
一日がかりでくゆらしながら
風の行方《ゆくへ》について
ひたすら胸をいためてゐた

（一九四一）

＊のちに、フロベール作『三つの物語』を読んだら、篇中の「聖ジュリアン伝」に猛獣の意外な行動について、全く類似の描写を発見して、偶然の一致に驚いた。

初春の日に

これはまさに春のもの
しもどけのどろのみち
なまぬるい風のにほひ
むやみに明るいそらのいろ
これはたしかに春のもの

春が近い春がくる

立木にあふれる陽の光
どこかに梅でも咲いてゐよう
道を歩けば道は光り
どこまでも歩いて行きたいやうな

ああごらん
これはまさに春の光
これはたしかに春の色
春は世界にみちあふれ
春はしづかに息をふき

（一九四三年二月十四日）

不良少年

われは十六　若き不良少年なれば
かくも形よき学生帽はかむるなり
かくは白きマスクもて唇《くち》をおほふなり
口紅朱《あか》くさせるその唇を

わがはける短靴の光をみずや
夜の巷を行けば明き灯《ともし》びほのかにうつり

わがいとしき「彼女《ひと》」と行くときわれらの姿を
ちひさくうつすにあらずや

わが吸へる細巻は英吉利莨《たばこ》
NAVY CUT MEDIUM*
くんぜんとにほへる煙のいろは
うすむらさき　わが心に似たるかな

われは知れり
路上の群集われを見て美しとなすを
われはげに不良なる少年なれば
「夢みるごとき瞳」もて
恍惚として悩殺し去りうるなり
女《をみな》らをさてはあやしき紳士をも

われはかなしき不良少年なれば
いで白きマスクをとりて
かるき口笛高く吹きゆかんかな
口紅させるほの朱きくちびるもて

（一九四八）

＊「細巻」としたのは誤り。medium は細巻と太巻の中間を指す。ただし、浅学未熟ゆえのこの誤りは正さず、旧のままとする。「（評論家の）中村光夫が『不良少年』を絶賛していたよ」と天沼時代のある日、友人の矢牧一宏《いっこう》から聞かされた。矢牧は成蹊高校生のころ「世代」に佳作短篇「脱毛の秋」を発表した。七曜社などいくつかを興し、潰した編集者でもある。ヒット出版は沼正一『家畜人ヤプー』。酒と麻雀、そして女人を愛し、早世した。白晳《はくせき》の美青年はヒゲ剃りあとがいつも青かった。

ひとに――

わがつめたきひとを哭《な》かん
（しろき蠟のひたひと
黒髪のあかきりぼんと）
つれなくもわれをおきて去り給ふや君
（くづれゆく拙き日日　あはれ

かたるべきことばはなくて）
さあれわれいまは信ぜん
つめたき秋のみづうみ
水いろの君がひとみを

（一九四八）

七月

七月は桃の実のまろみに白く
命ぬくもる水のはだえに
いとけなき生毛《うぶげ》の招き

ほとぼりの砂にやすらい　ふくらみの実は二つ
ためらいのおもいにふるえ　さしのべし指はもむなし
しぶきては慍《いか》りいらだつもどかしの波は蒼きや

うす朱《あか》くしたたる汁の肉をかみ酔わんとすれば
くろしおと凪のうずきにくろ髪もつれ
たそがるるちかいの時をひとしきり雲のむれむれ

（一九四九）

十月

十月の夜《よ》は木の蔭の暗き徑《こみち》に
寄り添えるものをして
まずつぶらみの青き葡萄に口づけしめよ
ひややかにうすら夜霧のわたりゆけば今宵《こよい》
いたわり合うものをして
あたたかき指をからませ　またほどきてはことばなく玩《もてあそ》ばしめよ

されどはた夜冷えのなおも堪《た》えがたければ
ひとりをしてひとりのおーばーのかくしの底に
麝香《じゃこう》のかおり匂えるちいさきはんけちをまさぐらしめよ

しじまの天《そら》におりおんの三つ星のたかまりくるころ
語らう人の声のひびきのいよよやさしくば
眩《まばゆ》き店先に紅《くれない》の実をあがないて分かたしめずや

さても十月　晩秋《おそあき》の夜《よる》の袂《わか》れは
よきひとのかなりやの瞳の笑みに
《おやすみ》とこそ告げしめよ　白き息吹きに――

（一九四九）

かえる

かえるの膚《はだえ》は冷たきや——

絹いとの静脈はすきて青く
めだまは若き触感にうるめど
身は粘膜のはじらいにひそめいたりき

陰湿の沼に水はぬるめるや——

芦かげに腹ばえるかえる動かず
肢《あし》うらは誘惑のしめりにふるえて
のど白くふくらめど恋呼《よ》ばう声もなかりき

（一九五一）

なくなる ほか

なくなる

なくなるという――
無くなるとも書き
亡くなるとも書く
アクセントに区別はあるのか
紛失と死亡が同じでは困ると
両者を長らく区別していた

無くなるは平板に発音し
亡くなるは頭に力点を置いて

ところが区別はしないと人はいう
〈広い〉と〈白い〉の力点の差もないと
そう知ったのは六十歳過ぎだ
〈広い〉は平たく発音してた
（よくもこれで日本語講師が務まった）

ここで敢《あ》えて出自を申すなら
両親が北海道育ちのぼくは
はたちまで東京と満洲が半々
そのせいでアクセントが怪しい

さて、無くなると亡くなるの話
有ったものが無くなる
生きていた人がいなくなる
ふたつの違いを区別しないのは
いささか変ではないか――
と未だに拘《こだわ》る

有無《うむ》を言わせぬ個人の死の冷酷無残
生死を隔てる光と闇との分別《ぶんべつ》と
大小の物品の有る無しとの差では
存在の有無に違いはないにせよ
事の重みがまるで違いすぎる
この差異をせめて力点の有無により
強調したい気持ちがいまも蟠《わだかま》る

生命の有無と
物品の存否と
絶命と紛失と
無くなると
亡くなると

（二〇〇二）

鳥虫異変

毎とし夏の終わりの八月末ごろ
わが家の周辺ではクツワムシが鳴き出す
ガチャガチャと鳴くあの虫だ

クツワムシを聴く夕べ――
友人たちを集めて酒を酌み交わしながら
そんな風流な会を一度は開こうと思ってきた

ところが、ことし十月に入って
ふと気づくと虫が鳴いていない
八月末はとっくに過ぎ去ったというのに
別の虫は鳴いてもクツワムシの声はしない
〈入間町《いりまちょう》の知られざる名物〉と、秘かな自慢だった
あのガチャガチャのクツワムシの賑わいは
一向に聞こえてこない

十月二日に家内が初期乳ガンの手術を受け
病院へ見舞いに通《かよ》ったいくにちもの
ある晩、この秋のクツワムシの不在に気づいたのだ
どこへ行ったのか、あの懐かしい虫たちは

思えば、入間町へ引っ越した翌年の夏には
ミンミンゼミの声が近所に無く、その代わり
アオバマツムシがやたらに鳴いた
ミンミンゼミは翌々年には出現した
(引っ越しはソ連のアフガニスタン侵攻開始の
七九年十二月の末のことだ)

初めての夏には、網戸を開けると蛾も飛んできたし
フウセンムシも紛れ込んだ
紙片を沈めたコップに入れると
その紙切れにくっついて浮いてくる愛嬌者だ

近ごろは網戸なしにも蚊一匹、潜り込まず、うるさい蝿《はえ》や蜂も
めったにこない。一度だけ隣の庭で見かけたアオダイショウは

そのまま姿を消し、かしましいコジュケイも声立てず
ウシガエルの重々しい唸り声も忘れられた
雨の日にはガマガエルもいたし
ネコがちいさなモグラを庭から運び込んだこともある

引っ越した翌年の五月には二、三週間ほどのあいだ
あちこちでカッコウが啼《な》き交わしたのに驚かされた
軽井沢あたりに渡る途中で一休みしたのか
だが、カッコウはあの年きりで、ばったりこない

カッコウは器械仕掛けみたいに啼く
季節感は別として、あの啼き方は好きになれない
カッコウがなんど啼くか数えることで
余命の年数を占うのはスラブやドイツの古い習わしだ

「子どものいたずらかと思っていました。違いましたか」
これは岩波ロシア語辞典の編者、和久利誓一教授の受け止めだった
同じ夏には玄関先の草の茎に
ある朝、青いイトトンボを見かけもした

ウグイスは、どういうものか、まるで当たり年みたいに
春先から成城《せいじょう》や入間町のあちこちで啼き競う年があったが
最近はなぜか夏近い六月ごろ、まれに囀《さえず》る一羽を聞くに過ぎない
それがことし四月には、かなりよく啼いてくれた

夜になるとホッホ、ホッホと侘《わび》しげに啼く
アオバヅクが数年間は続けて渡ってきた
あれはなんですか。啼き声をまねると
それならアオバヅクですよと

電話で応対してくれたのは野鳥博士の
中西悟堂さんだ。少年時、父の買ってくれた先生の
厚手《あつで》の『昆虫讀本』を思い出す。『ファブル昆虫記』は父の愛読書だった
アオバヅクは一羽と限らず、遠くの仲間とも啼き交わした年がある
あの声も消えて久しい

……それはそうと、この秋は遂《つい》にガチャガチャの声は湧かない
昭和初年、鍋屋横町あたりの夜店の虫屋の何軒かで
毎夏、聞いたものだし、松村松年《しょうねん》博士の『昆虫圖鑑』に
クツワムシの鳴くのは東京近辺では
井の頭公園付近と書かれていたが……
数々の異変のひとつ、入間町一帯のクツワムシの命運やいかに
あの賑わしい大群は二〇〇二年を最後に死に絶えたのか

それならば、クツワムシを聴く会は開かれぬまま終わる
木村浩、江川卓らロシア文学の仲間はすでに世を去り
ぜひとも呼ぶつもりだった小説家、井上光晴もつとに亡い

クツワムシの鳴き声はどこか寂しげにも思いなされる
なぜとも知れず、クツワムシたちはここの界隈を捨て
永遠に立ち去ったのか。さようならを告げることもなく
ひっそりと……
クツワムシのガチャガチャよ、さらば、さらば

*

これを書き記したのは十月十四日
その二日後に退院した家内を伴う月末の午後
散歩の途中に近くの農家のケヤキの大木《たいぼく》の根方《ねかた》で

思いもかけず、かぼそい草にすがりつく
薄みどり色のつがいのイトトンボを見かけた
自然はまだ負けず、健在のようだ。だとすると
クツワムシ復活の望みは無きにしもあらずか
たといイトトンボのようにかぼそい望みにしても

（二〇〇二）

野川のカワセミ

入間町《いりまちょう》閑居の老人夫婦がきょうも川べりの散策に降りてくる
野川に泳ぐカルカモはまず四、五羽、向こうにはシラサギ一羽
こちらの岸にもあちらにもススキの枯れた穂がゆらぎ
生き残りのトンボが一匹、雲ひとつない晩秋の日射しに光る
橋の途中でコイの群れとカモにパンくずをやるのはいつものこと
反対側の散歩道を引き返してゆくとカワセミらしい直線飛行の影

川岸沿いの草道《くさみち》に降りて、〈野川《のがわ》の女王〉はどこにいる、と呟いたら
きたきた、翡翠《ひすい》の羽を見せびらかせてさっきの鳥が戻ってくる

先日、見かけたときは対岸のアシの枯れ枝にじっとしていて
女の人は双眼鏡、カメラの男は望遠レンズを覗き込んでいたのだが
十年もの昔、初に見たカワセミは下流の砧《きぬた》農協の金魚屋に日参して
金魚を襲い、お店のおやじの被写体となった、いまは何代目なのか

谷戸橋《やとばし》の下の河原ではカラスどもが一列に並び浅瀬に水浴びしている
そのあとカラスに追われる空中のシラサギを見上げながら
入間町閑居の老人夫婦は日曜日の散策から満足げに帰ってゆく*

（一九九九年十一月二十一日）

* 作家、日野啓三の勧めに応じ、讀賣新聞夕刊のため、久々に書いた作。新聞が棄てられる悲哀の詩はそのまえに、没《ぼっ》となった。年下の友人、日野もいまは亡い。

城ヶ島にて——S夫妻の海上散骨の日

2002年11月末の土曜日、城《じょう》ヶ島《しま》でバスを降り
ようやく京急《けいきゅう》ホテルのレストランまで辿《たど》りついた
佐久間穆《ぼく》*・マサ夫妻のための散骨が予定されたこの日
品川駅8時55分発の京急特急に
わずかに乗り遅れたぼくは、一行にはぐれ
仕方なく独りきり、生まれて初めての城ヶ島へとやってきた

品川駅9時5分発の電車を終点三崎口で降りて訊ねたら
きょうは海が荒れていて、遊覧船はぜんぶ欠航という返事
それでは佐久間の娘たちの胸に抱かれてきたはずの
ふたつの骨つぼは、散骨もままならぬに違いない。とすれば
みんなは、恨めしく海を眺め、溜息まじりに立ち尽くしているころか

その昔、〈利休ねずみの雨が降〉っていたこともある
ここ〈城ヶ島の磯《いそ》〉は晴天なのに風ばかりが烈しく
白い高浪がしきりに立ち続けて岩を噛んでいる
磯に近づくと帽子が飛ばされそうで、手に握って歩いてきた

77歳を目前にして不意に世を去った佐久間穆はついていない——
ドナウ川に遺骨を撒き散らせとの彼の願いは、マサ夫人にも
受け継がれるが、散骨の実現は環境汚染を理由に叶うことなく

ここ三浦の海さえもが荒い波風でその実行を妨げようとは！

たまたま途中のバスの座席に見かけた40がらみの女性は
色白の北方美人で、どこか穆夫人、田代マサを偲ばせた
マサさんは女子大生のころから彦坂繁子と連れ立ってきては
一度ならず日比谷の市政会館に訪ねてきてくれた

ぼくも佐久間もその同じビルに勤め先があり、そのうちいつの間にか
佐久間穆は田代マサと結婚していた――予告もなしに
「ほんと言うと、マサはあなたのことが好きだったのよ」
のちにピコちゃん（彦坂の通称）からそう打ち明けられた
結局、事の真否は本人に確かめず、穆ちゃんにも話さぬまま終わった……
晩年、そのマサ夫人の大腸ガンが佐久間の心労のタネとなったが

ある夜、一高の仲間と銀座の居酒屋で飲んだあと、ビフテキを食べに
タクシーを走らせたお茶の水の山の上ホテルで倒れ、旧友らの前で急死する……
訃報を伝える早朝の電話は吉村英朗《えいろう》*からだった
翌々年、マサ夫人が後を追った

記憶は曖昧《あいまい》だが、下の娘のマイちゃんが4、5歳の幼いころ
上の娘のリカちゃんが8、9歳のころ
ボン駐在の特派員をしていた佐久間の家に
ワルシャワのわれわれ夫婦が泊めてもらったのは
たぶん1969年のクリスマスであったか。近所の家々から
花火が上がり、マイちゃんが指人形で即興芝居を披露した
あれは佐々木千世《ちよ》のフォルクスワーゲンを引き取りにいった折だ

……別のボン訪問の帰り、ベルリンからお礼の電話を掛けたら　春休みで

帰国中のボン大学院生、佐々木嬢の衝突事故死を佐久間の声が伝えた
「えっ、まさか、きょうは4月1日だが」、「いや、読賣《よみうり》に出ている」
ワルシャワ帰着の数日後、千世さんから絵はがきが届いた
山登りを楽しむ内容だった——同行の教授と一緒に東京で死ぬ直前の便りだ
（千世さんは開高健の傑作、モデル小説『夏の闇』の美女である……）
その後、74年の晩秋にわれわれはウィーンの佐久間宅に伺いもした
そう言えば佐久間はワルシャワに仕事でなんどかきたっけ

＊

散骨に参加しないか、巌《がん》ちゃん＊もくるからと前の日、吉村から
電話で誘われその気になって、8時55分の特急に間に合わせようと
珍しく朝の7時に起き出し、黒いコートに身を固めて
家を出たのだが、8時半に渋谷駅で駅員に訊ねたら、品川なら
12、3分で着くと教わった。ところが運悪く何かの事故のため

電車が10分間もこず、京急電車はぎりぎり走り去ったあとだった
城ヶ島――あてずっぽうに追ってはきたものの
こころ当てにした佐久間家の一行は、ここのホテルに姿はなく
昼めしを食いながら待ってはみたが遂に空しく
白波荒れる千畳敷《せんじょうじき》の岩を遠目に眺めながら
ホテルのレストランのペーパーナプキン一枚に
これを走り書きする……

ではさて、そこらのお店でサザエやハマグリを
手土産に買い、390円のバスで三崎口の駅まで戻るとしよう
腕時計はそろそろ午後の1時を指すところだ

おーい、佐久間！　マサ夫人のお骨ともども

散骨の機会はまだこないのだよ
その日がくれば、またここにやってくるのかもしれないが
それまではさようなら——

遙か沖まではっきりと見える城ヶ島の海は
白い沖浪が絶え間なく揺れていて
岸辺の大岩に戯《たわむ》れかかるように
勢いよく高浪がはじけている

防波堤を背に赤い灯台と白い灯台とが
間隔を隔てて、それぞれポツンと
晩秋の陽に照らされ、目を転ずればカモメや
鵜の鳥が強風に飛びあぐんでいる——そんな景色だ

しょんぼり食べた昼めしはお刺身定食《さしみ》
1500円、腹が空いていたから
いちだんと旨かった

きょう城ヶ島はほぼ晴れ
沖の曇り霞を、何色と呼ぶべきか
無粋なぼくには分からない――

［城ヶ島京急ホテルにて］

＊

夕刻、リカさんから電話。油壺《あぶらつぼ》の港から
ヨットを出して、散骨は済ませたとのこと
ただし、無事にとはゆかず、したたかな大揺れに遭い
身内に怪我人もふたり出て、病院へ運ぶため

一旦、引き返したが、幸い大事に至らなかったと聞く

「散骨ってどんなものかと少し不安でしたが
やはりやってよかった――両親が大自然のなかへと
戻っていけた……そんなさっぱりした気持ちです。お骨《こつ》の白い粉《こな》が
何十メートルも横かぜに飛ばされて散ってゆきました
ドナウの散骨のほうはこっそりやってきます」

佐久間穆よ、マサ夫人よ！　めでたしめでたしだ
いい娘たちを持ったなあ！
それにしても、この目で見届けておきたかったよ
――荒れる海に消える君らのことを！

（以下の引用は4日付の消印《けしいん》のあるリカちゃんの工藤宛私信から。いかにも美しい

文面であり、拝借したい気持ちを抑えがたい。原文はコンピュータ打ち。改行は工藤）

*

拝啓
　先日の父、母の自然葬にはお出でいただけなくて
本当に残念でした。私からもっと前に
ご案内を差し上げていればよかったと
申し訳なく思います
　高波によるとんだハプニングもあって
全く無事にとはいきませんでしたが
とにかく両親の意に沿った見送りが
できてほっとしています
　晩秋の青空、清々しい風、透き通った海

その中で、遺骨が水面下に広がって
静かに沈んで行くのを見ていると
二人はようやくすべてから解放されて
あるべきところに帰っていくのだ
そんな気がしました
　時にはお墓がないことを
寂しく思うこともあるかも知れません
しかし、形のあるものが何も残らなくても
いや、残らない分なおさらのこと
二人は私たちそれぞれの想い出の中に
いろいろな形で生き続ける
それ以上なにが必要でしょうか
海を見る度に、晩秋の風を感じる度に
宇宙の一部に戻った二人のことが

思い出されることと思います
お体をお大切に、よいお年をお迎え下さい

敬具

二〇〇二年十二月二日

梨香*

* 佐久間穆《ぼく》(一九二四―二〇〇〇)一高時代からの親友。上海生まれ、北京育ち。中央通訊社を経て朝日新聞社記者、のち獨協大学教授。ユーゴスラビア、チェコ関係などの訳書が数冊ある。書画に長じ、篆刻を善くした。吉村英朗は元時事通信記者、巌ちゃん(山本巌夫《いわお》)は医師で共に高校の友人。

* 〇三年十二月、リカ・マイ姉妹から届いた年末のあいさつ状より。「……この十月、姉妹でウィーンを訪ね、すこしばかり取り置いた両親の遺灰をドナウ川に流しました。暖かい秋晴れの日、対岸にウィーンの森を臨む場所でした。二人は、思い出がつまったウィーンの街のあちこちを訪ね歩いてから、ドナウ下りの旅に出たことでしょう……」。佐久間夫妻の遺志は、かくて果たされた。

* 北原白秋はひところ三崎に住んだ。それを教えてくれたのは飯島耕一の近著である。

旧詩断片

考える人

ロダンは石を彫っていた
石彫る音はアトリエの
冷たい空気を震わせた
石彫る音はこの石の心《しん》の臓の音

石はむくむく動き出し
がっしり頭を手で支え
そのまま動かなくなった

「考える人」と呼ばれている＊

（一九四一）

＊「考える人」は塑像であって、石彫ではない。認識不足の幼さはそのままとした（本篇は全文）。

たばこ

（…）
坂下のたばこ屋へ走り行けば
あった、あった、「光」があった
透明なガラスの容れ物に
ぎっしり「光」が詰まってる（…）

＊このころすでにたばこの入手難がみられた。配給制はまだ先のことである。「光」は専賣局製造の十本入りたばこ。一箱十銭で買えたような気がする。

（一九四一）

とんぼ

とんぼの群れは飛んでいた
夕方の空を飛んでいた
見たこともないほどの
無数のとんぼどもが
部厚い群れを成し
無心無心に飛んでいた

（…）
とんぼの群れは虫追っては
真っ直《すぐ》に
すらすら飛んで戻ってきた（…）

（一九四一）

みのむし

（…）ちちよ、ちちよと秋風に
泣くか泣かぬか、知らねども
みのむし、ぶらりぶらさがり
むくりとかすかに動いている（…）

（一九四一）

空耳

雨の降る日の錯覚は
耳に怪しい時計の鐘
じぼあんじゃん、じぼあんじゃん（…）

（一九四一）

五月ほか

五月

五月こそ恋人の心はこぼれひらくだろう　花々のように
若さはひかりあふれてつきないだろう　泉のように

だが五月の広場には埃にまみれて働くひとたちの列と
白ぬりの自動車につめあわせた何中隊ものあごひもの制服と

五月こそ君のノートはあかるくひらかれるだろう　恋人の心のように

かたることばはこぼれちるだろう　泉の水に　花々のように
だが五月の銀杏並木にはわき上がる歌声に肩をくむ学生たちと
棍棒を片手にかざしておそいかかる鉄兜の帝国主義の手先どもと

五月こそ花薫《かお》る風も軽やかに麦畑は眩しく光るだろう　白いノートのように
わかやかの青葉はささやくだろう青春の心に　恋人のように
だが五月の半島には黒や白や黄色のちぎれとんだ手と足と血まみれの赤児《あかご》
と
流民のうつろな眼の中のただれた風景に垂れさがる国連旗と赤旗と

五月こそ菩提樹《リンデン》のベルリンの呼びかけはここにもひろがりわたらねばならぬ風の
ように

五大国平和条約結べの署名の一枚一枚の紙きれは輝くだろう　若葉のように

だが五月の東京には戦争反対を叫びながら捕らわれていった十六人の学生
と

日米駐兵協定を結ぶ吉田とダレスと二箇師団の「日本軍隊」と

だが五月こそ鳩のはばたきはさからう風にいよいよ勁《つよ》く
人々のひとみは明るくなければならない　泉のように　また花々のように

（一九五一）

襟裳岬

一軒きりの襟裳《えりも》の宿屋はひとむかしまえの駅逓《えきてい》で
父子《おやこ》の案内されたのは廊下の奥の陽当たりのいい八畳だった
おひるのおぜんの運ばれるまでおなかをすかしてまちながら
バスのつかれをあおむけになりふたりタバコをふかしていたのだが
まぎれもないゴールデンバットの煙のいろが窓をとおして

さしてくる初秋の陽にみごと紫にもつれたゆとうのであった

＊

めしをすませて風の中を丈低《たけ》い草の丘をこえて断崖《きりぎし》の下
潮の行き交う岩間や新しい燈台やこんぶ乾しの人々などを見た

＊

歩きつかれておしまいにお茶がしのあめと饅頭《まんじゅう》をかった店で
西洋なしのやわらかなのを四つ夕食のデザートに用意した

＊

夕暮れが岬の空にひろがるころ風は落ち星がひかった　人たちは
おおひやっこなどといいながら映画を見に小学校に集まっていくらしく
吹きだまりのような町並みを大声《おおごえ》に口上をのべまた法螺貝を吹きたてて

高刃《たかば》でゆくのはさっき宿でみた雲水《うんすい》姿のあの売薬の若者にちがいない

＊

夜　父は先に床《とこ》につき　息子ははがきを二枚かいてから
炉端《ろばた》にはなしに出かけごちそうの煮豆をつっつき大鉄瓶から茶をついだ
さて寝にもどると父はまだ眠らずにいる　息子はおづおづ口を切る
「母さんからなんですが　死ぬまえに一度ぜひあやまりに伺いたいからとそのこ
　とだけを」
「ぼくは君の母親というひととはもう二度と会いたくないと思っているよ」
老人は多くを語らなかった　電燈を見ながら息子はそろそろ眠たかった

＊

翌日　父子をのせた乗合バスは　けさは海の上に虹のみえる海辺の道を
小一時間ゆれもどって幌泉《ほろいずみ》から　父は北へ息子は東へと別れ去った＊

（一九五〇）

＊詩を読んだ吉行淳之介から「君、短篇小説は書かないのか」と問われた覚えがある。「君の顔は若いころのおれの父親に似ているんだ」――別のとき吉行はそうも話した。このころもそののちも父は田舎弁護士をしていた。

パチンコの詩《うた》

君知るや一円の使いどこ二つ
公衆電話にパチンコのたま！＊
針金のかなた可憐の声のかゞやきを期待できない君たちは今こそ
君の一円のその威力をイチかパチかパチンコにこそ試むべきであろう

おゝ　パチンコ場の賑わいよ！

電話線の恋人の欠乏《けつぼう》よ！

一円に勇ましくころがりいずるたま一発　はじけばいずこ
がらがらと廻《めぐ》りかたかたと落ち　穴にぞはまることことと

うれしやみごと　本塁打！
あわれくやしや　アウト！

一発また一発たまが六つも溜《たま》ったらそこの窓口で「光」* 一本と取り替え給え
たばこをたしなまず　あるいはさらに大成を期する人は　よし続け給え

おゝ　くゆらすけむりのうまさ！　恋人もお金もない
パチンコは大人《おとな》の遊びだ*

（一九五一）

＊昭和二十五～七年ごろ、パチンコの玉一発は一円、公衆電話も同額。人気の連発式器械はまだ開発されず、寂れた店で、立ったまま一発ずつ弾いた。一円玉の大きさ、材質など、記憶に呼び戻せない。

＊「光」は専賣局製造の大衆向けたばこ。輝く太陽のデザインで、一箱十本入り。店によってはバラ売りもした。この当時、一本六円か。

＊戦前、昭和八～九年当時、パチンコは専ら子ども向け。玉一発が一銭。お菓子屋の店先などに一台がぽつりと置かれた。景品はキャラメル一粒、大当たりで一箱程度。未成年者締め出しのこんにちの隆盛と比し隔世の感あり。

焼酎の歌

夜の蝶々の羽ばたきに
鱗粉こぼれ赤みどり

ぶらりぶらりと盛り場の
ポリースマンのパトロール
洋酒、葡萄酒、日本酒

ジン、ハイボール、マンハッタン
ふらり舞い込む居酒屋で
ぼくの飲むのは安焼酎

呷《あお》る一杯の安焼酎
ぼくは、しょっちゅう、おい、焼酎

（一九五一）

＊本作は同人誌「エコー」に発表したままではない。再現は絶望と知った。最後の一行だけはまちがいない。「国会図書館に納本したから安心だ。永遠に遺る」と出版当時、同人の村松剛が告げた。その言葉を頼りとしたが……見つからない。

ピストルの歌

むかしむかしのさむらいは腰ぬけまぬけも二本差し
いまもモダンのポリースマン　一挺拳銃だてならじ
　おゝリヴォリューション
　　リヴォルヴァ
ずどん　一発はなてばかなたにたおれふせるは盗賊ならぬ

あわれ　可憐の小学生*——児童憲章なんとしょう

あたらいのちに
お丶あたるたま

ちぶさふくらむわか妻につもるこいしさ引き金ひけば
くろかみしとど血にまみれま丶よ一発しうとめに

お丶ピストル
ミステーク

弱きをくじかん舶来の筒先そろえて見はるかす
にっくや敵はいずくなる反戦平和の赤い旗

お丶ピストル　ストライキ
お丶リヴォリューション　リヴォルヴァ

（一九五一）

＊このころ警察官のピストル携行が実施され、その直後、児童誤殺、妻と姑を拳銃で殺したなど警官による陰惨な事件が、相次いで新聞紙上に報じられた。

新宿の夜のおんなに

雨の夜は紺のスカートに
白いゴムの長靴履いて
駅近くに佇《たたず》む姿は
女学生のようだった（…）

（一九五三）

あの人
ほか

十二月八日

温かい水と冷たい水に洗われて
太平洋の西のはずれに
ちいさな国があった
それは皇《すめら》みかどのみこと戴く
東洋の国、ニッポンの国

（…）平和を愛する昔ながらの
優しい日本の国の人々であった
こころを籠めて抗議をしたが
すべてそれは無駄であった

却って彼ら白い人間

ますます高ぶり
あれも売らぬ、これもやらぬ*
（…）

（一九四一）

* 正確な全文は卒業時、本郷中学校発行の記念文集（？）に「檻」などと共に収録された。

学徒出陣を送る日に

昭和十八年十月二十二日
雨の日の神宮外苑競技場
（…）
ぬかるむ泥をずぶり踏み
ぼくら征きます、泣きません
（…）

明治、拓大、慶応、早稲田
法政、立教、東大、商大
（…）

（一九四三）

出征の兄を送る*

右の肩から日の丸懸け
ゲートルの足にわらじを履き
拓大の丸帽かぶり
奉公袋を片手に提げて
兄はきつい顔をした

東京駅南口、乗車口の凄《すご》い混雑のなか

きっと勝ちます、勝たせますと
学友たちの踊り回る蛮声に
（…）

（一九四三）

＊次兄は満二十歳の誕生日に当たる昭和十八年十一月二十九日、東京を立ち、船舶兵として宇品の部隊に入営。同二十年一月、フィリピンの小島で戦死した。「不良少年」の詩にモデルありとすれば、痛快児だった次兄恒幸《つねゆき》の姿が浮かぶ。

妹、恵美子の霊に

恵雲美妙《ゑうんみみょう》信女、あなたの柩《ひつぎ》に
あなたがほしがっていた
中原淳一のこの画集を収めます（…）

（一九四三）

うさぎ汁

昭和十八年十二月二十七日の夕食は
うさぎ汁でありました（…）

（…）父子はそれっきり言葉を交わさなかった
父は長煙管《きせる》を吸いながら
息子は赤いその煙管の羅宇《らお》を
見つめながら（…）

（一九四三）

＊「旧詩断片」に収録のものと同様、記憶から呼びさました詩行である。詩稿ノート二冊はポーランド移転の折、過《あやま》って紛失した。

敗戦

戦争は燃えて終わった
あとに灰が残った*

（一九四五）

* 本篇は二行詩

原口統三*の自死を悼む

その一

植民地、瀋陽《シエンヤン》まちの中学校
楡《にれ》の古木とその蔭の二十五メートルの小プール
夏休みには連日、生徒らの賑やかな声が絶えず
真っ黒に陽灼《ひや》けした小柄な君も
その少年たちに混じって泳いでいた

メガネを外した君の大きく聡明な目は
いつも眩《まぶ》しげに開かれ（…）

（一九四六）

その二

（…）波音の彼方に君は
ショパンを聞けり
ティンタララン
ショパンを聞けり（…）

（一九四六）

＊詩人、原口統三は一九四六年十月、逗子海岸で入水《じゅすい》自殺した。一高文科の二年先輩だが、奉天一中では二級下である。遺著『二十歳《はたち》のエチュード』は彼の学友、橋本一明の手を経て伊達得夫の書肆ユリイカから出版され、ベストセラーとなった。

祝婚歌

遠藤麟一郎*夫妻のために

洋梨の実の黄《き》いの湿りに
散らせ紅色
ガーベラの紅き花びら（…）

（一九五三）

栗原光二郎*夫妻のために

三月は乳母車の季節——
若かった君の御両親は
君を乳母車に乗せ
春先の道を歩んだであろう
みどり児の君の耳に
響いていたのは
おふたりの会話（…）

（一九五三）

＊遠藤は一高の先輩、「世代」初代編集長。アラビア石油に勤めた。浪人時代の親友、栗原は早稲田大学から資生堂宣伝部。共に故人。

あの人

「畏《かしこ》き辺《あた》りに於《お》かせられましては」——戦前のラジオから
そんな敬虔な声が聞こえてくると、皇室に関するニュースが
重々しく続いた。畏き辺りの意味は全く不明だったから
母親に訊ねた記憶がある——小学生になったばかりのころだ

長じてからも「大内山の翠《みどり》の杜《もり》、神、鎮まりまして」とか
「竹の園生《そのお》の彌栄《いやさか》を」などいまは廃《すた》れた表現もJOAKから流れた

あの人は戦前そういう古臭い雰囲気のなかで重々しげに生きていた
あの人の祖父は明治の元勲に押され軍人勅諭や教育勅語を発布した

その孫は愛馬「白雪《しらゆき》」に跨り、事あるごとに代々木練兵場に立ち現れ
陸海軍大元帥の礼服厳かな軍帽には白い羽毛の羽根飾りが揺れた
「天佑ヲ保有シ万世一系ノ皇祚ヲ践メル大日本帝国天皇ハ……」
の宣戦の大詔の呼びかけで勇気百倍、大東亜戦争は始まった

全国の小学校の正門の傍らには、御真影《ごしんえい》を納めた社《やしろ》が必ず祀られ
滅私奉公、八紘一宇、尽忠報国、米英撲滅、大詔奉戴等の文字が
国中にばらまかれ、「忠勇無双の我が兵は歓呼の声に送られて」
日章旗（つまり日の丸の旗）に見送られて死んで行った

終戦の詔勅《しょうちょく》の「耐エ難キヲ耐エ忍ビ難キヲ忍ビ」の録音放送は

ほぼ四十年後、「仰げば尊し」の曲と共に映画「非情城市」の冒頭を飾る戒厳令の解けたばかりの台湾で侯孝賢《ホウシャオシエン》が、それを長々と聞かせてくれた抑揚が乱れ、つっかえ、もつれの下手な日本語があの人の「玉音」だった

マッカーサーと並んで写された報道写真は、御真影の姿とはがらりと違い威厳にも迫力にも欠けた。そのぶん新たな「人間天皇」にはふさわしく以来、始まった全国行脚の先々で連発の口癖「あっ、そう」にお似合いだ庶民並みの中折れ帽を、不器用に持ち上げてみせる仕草ともども身に付いた

ここまではニュース映画の映像などで、すべて生《なま》のあの人ではない生のお声は聞かないが、生のお姿に接したことなら二度あった某月某日、日比谷公会堂近くの植え込みにいた折、警備の警官に気付きあっと思ったら、ゆっくりした足取りでくると黒の乗用車に召された

二度目は御夫妻の訪欧旅行取材の応援に駆り出された七〇年代の始めである。ブリュッセル南駅で列車を降りたあの人がエスカレーターで出口に向かう七、八段ほど後れて、上昇する動く階段を皇后が続く。そのときだったあの人が後ろを振り返り、「大丈夫かい」と言いたげに皇后を見やったのだ

特記すべき場景《じょうけい》ではないかもしれない。「あっ、そうか。こんな人なんだ」とぼくは思った。いかに足跡は広くとも御夫妻がエスカレーターに乗るなどめったにはあるまい。だから、後ろが気になって「うまく乗ってるかい」と濃《こま》やかな心遣いを見せた次第に違いない。「うむ、よし、よろしい」と

数日後、ロンドンのキーガーデンで記念の植樹が予定されていた前日植物園を取材したら、マレーシアかどこかで捕虜となった元英軍兵士の園丁から経験談を聞いた。「キヲツケ、バンゴ！　イチニサン。バカヤロ」男は軍隊用の日本語を忘れず、エンペラーに対する敵意を露骨に見せた

記事をチェックするデスクは、あっさりその数行を削ったうえで送信した
「なにしろ、おめでた記事だからね」。申し訳なげにデスクはそう言った
なんの木だったか、お手植えの苗木は植えたその晩、無残に引き抜かれた
「あのまま送れば良かった、失敗だな」の詫び文句はデスクから聞けなかった

それから数年後、アメリカを回って帰国の記者会見がテレビ放送された
記者「戦争責任については、どのようにお考えでしょうか」
あの人「そういう文学上のことは、わたくしには分かりません」*
表現上のデリカシーのことを文学と呼び捨て、あの人は戦犯論議を回避した

（二〇〇二）

＊正確な発言は次のとおり（田所泉著『大正天皇の〈文学〉』風濤社版による）。「そういう、言葉のアヤについては、私はそういう文学方面は、あまり研究してないので、よくわかりませんから、そういう問題についてはお答えができかねます」。同書の記述では、発言は「一九七五年一〇月三一日、日本記者ク

ラブ代表との会見の席で」行われ、テレビにも中継された。このなかで三度までも「そういう」が飛び出すのはなぜだろう。たじろぐ心情の表れとも響く。

体制

ぼくらの世代にとって生涯、最大の幸せとは
大嫌いな政治体制が一生に二度までも滅び去り
きれいさっぱりとその終末を見届けられたことだ

かたや軍国主義、帝国主義、他《た》は共産主義体制と呼ばれたが
共通項に抱き込んだファシズムないし全体主義ゆえに
末路は遂にやってきたのだ

一九四五年八月、敗戦と共に日本帝国は崩れ落ち
あとには空襲の被害として広大な焼け跡が残った

一九九〇年代、見せかけと偽りの共産主義支配の各国で
締め付けに堪えかねた連中がいっさいの束縛を解き放った

侵略と戦争を強行する軍部に引き回された日本の体制と
監視と強制とで臨み国民を締め上げた社会主義は滅びた

長生きはするもんだ
自他ふたつの悪の集団の
自然崩壊がこの目で
しかと見られたのだから

人類にとって最大の関心は
次にはいったい何が滅び
どこの体制がだめになるかだが
申し訳のないことながら
八〇歳に間近い老人の思えらく——

あとは野となれ山となれ*

（二〇〇二）

* ポーランド語にも似た言い回しがある。„Nie《ニェ》 będzie《ベンヂェ》 nas《ナス》, będzie《ベンヂェ》 las《ラス》" は「わしら亡きあとには森が茂《しげ》る」あるいは「死んだら、あとは森」と訳せる。そっくりそのままだ。

ポーランド関係三篇

ツィガヌフカの夏——イエジ・フィツォフスキに*

ツィガヌフカには詩人が住んでいる
ツィガヌフカの庭には馬車がある
馬車には馬がいない
馬車は旅をやめて久しいのだから

ツィガヌフカの窓から
松林がみえる

夏の午後――
詩人は砂道を踏んで
その松林のなかを散歩する　そして
詩人は砂地に穴を掘る
穴のなかからは大昔のガラクタがでてくる
詩人はたいせつに　それを
ツィガヌフカのサロンに並べる

詩人はときどき機嫌がわるい　すると
ちいさいアンナちゃんは　お行儀よく
食事をしなければならない

（一九七四年十一月十二日）
スウォニムスキ、フィツォフスキの詩の夕べに

＊イエジ・フィツォフスキ（一九二四—）ポーランドの詩人。作家ブルーノ・シュルツ研究、ジプシー（ロマ）通でも知られる。別荘の名称ツィガヌフカはツィガン（ロマ）にまつわる。この詩篇は「詩の夕べ」のあと、差し出されたアルバムに記した即興である。その夏に一泊した〈ジプシー亭〉の印象。

鏡に添えて——日本学科の五年生に

鏡のなかから君らの顔がみえる
鏡の底からあなたたちの目がみえる

鏡の奥のぼくの目に映るもの——それは
よく似合うロメックの長くのびた髪
冗談を言うときのアンジェイのまじめな顔
背の高いカロルのスペインひげ

そしてクリスティナの笑いを含んだ青いまなざし

鏡のなかでは君たちの声もきこえる
ひときわ甲高いエヴァのおしゃべり
歌舞伎のハンナとかの子のハンナの笑い声
「おもしろい映画です」と話す低い声はゴーシャ
「何時にお宅へ伺えばよろしいですか」あれはロメックの声にちがいない

鏡の向こうに君たちの暮らしがある
鏡のこちらからぼくはそれをながめる
おしゃれな女の子たちのまいにち変わる
髪のかたちとスウェーターの色と
ノートを持たぬ学生といつも膨んでいるだれかのカバンと
赤いロンソンのライターや四角いブタ革のトレプカ（ハンドバッグ）や

鏡には教室の黒板は映らない、すぐ横にあるので
けれどもぼくは知っている、それがどんなに書きにくい黒板で
なんどか白墨を投げすてねばならないかを

鏡はいつまでも明るいだろう、君たちの心のように
鏡は決して曇ることはないだろう
たとえ別れの悲しさから目の曇るときがあっても

なぜなら君たちはそこに、鏡のまえに
ぼくの目のまえにいつまでもいて
笑いかけ、また語りかけてくれるのだから

鏡に向かって笑いかけてくれるとき

ぼくもまた笑いかえすだろう
鏡に向かうその顔が沈んでいれば
ぼくもまた寂しくなる　そして
口ひげのあるぼくの顔が呼びかけるかもしれない
あるいは日本語で
あるいはポーランドのことばで
「どうしたの、元気を出さなくちゃ」
„Co《ツオ》 się《シエ》 stało《スタウオ》 z《ス》 tobą《トボン》? Trzymaj《ツシマイ》 się《シエ》.〟と

鏡のなかでぼくは君らの顔を見守っている
鏡の奥にいてぼくは君らの声をきいている
君らの日本語に耳を傾けている

（一九七四年十一月二十九日）*

翌日の日付である

＊七年あまりの日本語教師の任を終えるに際し、最高学年の学生を招いて開いたお別れの会の席上、この詩を朗読した。ワルシャワ大学日本学科では女子学生が大半なのに鏡はない。彼女らのため壁掛けの鏡を贈った。帰国後の著作『ワルシャワの七年』（新潮社）の末尾に収録した詩である。

船と雀たち
Five Sparrows

Five sparrows, parents and children
From somewhere, Hongkong or China
Found their home on a pretty boat
With a funnel and masts in yellow

Fed with bread and rice and water
They're as happy as birds could be
Singing and playing on the deck
Having sound sleep without paying

But one night on the open sea
When so rampant was a typhoon
All were blown and unseen anymore

Thus five poor sparrows lost their home
Happy are the sailors who stay
On board the Wladyslawowo!

＊ 本作は、「青春と読書」(集英社)1997年12月号に散文の前書きと共に、掲載された。戯れの英詩はポーランド船のアルバムに記したもの。

避病院ほか

チーチーボウの歌

大連《だいれん》の家《うち》にいたその女中さんのことを
チーチーボウと呼んでいたのはぼくで
ろくに口も利けなかったころである
自分のことはウッタンと発音された
次兄がアーチャンで、共に十代初めまで通用した

チーチーボウの顔かたちの覚えはない

まして本当の名前を知るわけもない
それでもチーチーボウを忘れないのは
チーチーボウの名の響きに甘えと懐かしさの
いっぱいに詰まるある感覚が目覚めるからだ

ダッコされ、オンブもされたに違いない
匙《さじ》で食べさせてもらってもいただろう
叱ったり、なだめたりの声も掛けたろう
それらそのときのチーチーボウの一切の
優しさがウッタンだったぼくによみがえる

チーチーボウは影もなく形もないのに
肉体を具え、慈愛に満ちた声色《こわいろ》を持ち
頬を擦り寄せてくるひとりのおんなだ

チーチーボウ、チーチーボウ、チーチーボウ
ウッタンは泣かずに眠る、おとなにネンネする

*

(八十九歳の姉の話の要約。だれの紹介か忘れたけどチーチーボウが大連に着いたとき、旗を目印にした彼女を埠頭《ふとう》に迎えたのは井手《いで》の小母さん*よ。チーチーボウは太宰府に近い、名産のオコシで知られた土地の女学校を卒業した直後に奉公にきた。裁縫が得意、それにリゴレットのアリヤも歌えばドニゼッティのセレナードも歌える才女、しかもわたしのノートを写すほどの勉強好きだった。東京に転任してからも、しばらく本郷弥生町の家で奉公したの。苗字のほうはどうしても思い出せないわね。本名は、しづえと言ったが漢字は覚えてません。丸顔の小柄な人で、美人じゃないけど、いい顔でしたよ)

*

そうなのか、チーチーボウことしづえさん
あなたの子守歌を覚えていないぼくに、なぜか

〈声色〉と書かせたのはあなたの歌声であったのか

（二〇〇二）

＊井手の小母さん　わが家にくるたび兄とぼくにグリコの箱ひとつずつをお土産にした。本名は、迪子《みち》、麹町《こうじまち》三番町小学校卒。夫君、正壽《まさとし》は満鉄に協同組合を創るとき、欧州視察旅行の途次、この方面の先進国ポーランドを訪れたと後年に語った。当時は満洲在住。

避病院

六年生の秋、腸チフスで奉天《ほうてん》の伝染病院に入院した
中学一年の兄と一緒でふたり部屋にベッドを並べた
（母は伝染病院と言わずに、避《ひ》病院と呼んでいた
靖国神社なら招魂社だ。借りて母の記念のタイトルとする）
その秋、蓋平《がいへい》の果樹園主からアレキサンドリアなど
葡萄の木箱《きばこ》が送られてきて、サンルームに置かれた葡萄を

兄とやたらに食べた。それが悪かったのかどうか
高熱と下痢の症状を発し、揃って避病院送りとなった

十一月の末から三月すれすれまでの長い入院であった
中学の入学試験に間に合ったのだから、たぶんそうなる
入院の日、兄は平気で歩いたが、弱っていたぼくは
担架で運び込まれた（動くベッドは少なく救急車も当時はない）

その日から幾日かしてようやく重湯《おもゆ》に始まり、お粥になり
やっと普通の病院食が食べられるようになるまでのあいだ
高熱のたびに魘《うな》されるあのぐるぐる回る渦巻きの悪夢に苦しみ
うんうんと唸り、溜息をつき、昏々と眠り続ける毎日だった

避病院は砂山という名の小高い丘からほど近い郊外にある

市街を避けて貫流する渾河《こんが》の流れが堆積させた砂山は
子どもらが転がったり、駆けっこしたりの遊び場で
恐らくは子どもたちの命名がいつか地名となったようだ

付き添いの小母さんは、坂本さんと言い、こまめに世話を
焼いてくれた。初めのころ、母は連日、見舞いにきていた
坂本さんは「おいどの始末しましょ」と耳慣れぬ上方弁で言い
ノミのサーカスという魔訶不思議な実話（？）をぼくらに聞かせた

小母《おば》さんが廊下に出て缶の蓋を開けると、たばこの臭気が
舞い込んでくる――缶の中身は吸い口付きの「朝日」らしい
病状が落ち着いたころ、嫁《とつ》ぎ先撫順《ぶじゅん》住まいの姉の差し入れの文庫は
坪田譲治作『正太の馬』（春陽堂）で、繰り返しなんども読んだ

主人公の正太《しょうた》が死んだあと、大好きだった金輪《かなわ》回しの輪が
枯れ枝に掛かっていて、北風に揺られてちりちりと鳴る
正太はほんとうに死んでしまい、もういなくなったのか
けれども続くページの物語では正太が再び元気に現れ、ほっとした

「少年倶楽部」（大日本雄弁会講談社）の厚い最新号が月々
届けられた。連載は山中峯太郎、佐藤紅緑、さしえが樺島《かばしま》
勝一《かついち》、梁川剛一《やながわごういち》、マンガは「のらくろ」に「冒険ダン吉」
読了後はハワイも含む懸賞当選者名の数ページ分までが楽しめた

向かいのふたり部屋からある朝、聞こえたおとなの会話の切れ端が
耳に残る――退院後、その口まねが新たな遊びに加わったせいだ
「ビスコに牛乳……いいですなあ」――間延びした発音がコツである
ビスコというのはグリコ製品の箱入りビスケットの名だ

正月に入った昼下がり、窓の向こう、遠く離れたボイラー室手前の
石炭貯蔵場の囲いの高みに、オーバーに着膨れした恵美子、大助
和雄の妹弟三人が寒空に並んで立ち、ニコニコ顔で手を振った
四年生と三年生と学校に上がらぬ幼い子とが一心に手を振る

窓ガラスに顔をくっつけるようにして、こちらからも手を振った
三〇メートルほど離れたコンクリートの高みに並ぶ皆は
いま思えば、ひとりびとり揃ってちいさかった
(あの日、わが家は一同、健在でいたのだ。数えの二十二歳、兄恒幸は
比島で戦死、結核が奪った妹は十七、大助も五十歳半ばガンで去った)
兄から一月も後《おく》れ退院の日、病院の浴室で三ヶ月ぶりに入浴する骸骨ほどに
痩せたぼくの体を洗う大仕事は母に回り、呆れるほどボロボロと垢が落ちて

語りぐさとなった。「あのときは危なかったんだよ」と晩年の母から聞いた
「高熱の続いたお蔭で全身の細菌が死んだのでこれからは丈夫になりますよ」
退院するぼくに医者がそう話した。確かにその言葉どおりとなった
（二〇〇二）

パリ救急病院——あるアバンチュール

九八年十二月*のある夕べ
ぼくは救急車に乗せられ
パリの救急病院へと運び込まれた
怪我のためでも重病でもない

昼めし抜きであちこち歩き回り
空腹抱えて、遅くなった夕食をいつもの店で

摂《と》ろうとして気分が悪くなったのだ
パリはふらふらと歩き回るに適した街だが

昼めしはどこにするか――高そう、まずそうだと
思い迷った末に決心の付かぬまま、えい面倒と諦め
長時間、歩き続け、結局、夕刻八時過ぎ宿舎に近い
いつものブラスリー（食堂）の椅子にたどり着いた

運ばれたワイングラスの底に映る
天井の明かりの粒々を見ているうち
目が回り、冷や汗が滲み出し、胸苦しく
おかしいな、駄目だ――これはまずいぞ
Je《ジュ》 me《ム》 sens《サン》 très《トレ》 mal《マル》（ひどく気分が悪くて）

と、ウェイトレスに声を掛けるのが
やっとの思い。顔面蒼白、青息吐息の
アジア人を見て、小母さんは慌て気味

じゃ、救急車を呼びましょうと決まり
首元のボタンを外し、卓に突っぷすぼくに
すぐに来ますからと励ましの言葉をくれ
Merci!《メルスィー》　虫の息でやっと応える

担架に載せられ、車に運び込まれ、とたん東中野の家《いえ》から
大久保の春山病院へ救急車で運ばれたことを
思い出す。あのときは急激な腰痛だったが
まさかパリの救急車に乗せられようとは

C'est《セ》 pas《パ》 loin《ロワン》?（近いんですか）。Pas loin の返事
あとは黙って横になっているあいだ
脈を取ったり、熱を計ったりの作業が
あったか、なかったか、覚えてもいない

病院は近いどころでは、とてもなかった
気分の悪さの薄らぐのが分かるほどの遠さ
病院に着き、救急室のベッドに寝かされると
吐き気も去り、むしろ気分は楽になった

間もなく先生がきますよ、との言葉を頼りに
医師の診察をじっとベッドで待つ。十五分、二十分
三十分——人の出入りはいろいろあっても
医師はこない。こちらの気分は収まった。出て行くか

そっと起き出してみる、平常どおりと体調を確かめ
廊下に出て見回しても、だれもいない
救急室は一階、玄関からすぐそばにある
よし、逃げ出そう。守衛もいない、出入口《でいりぐち》を擦《す》り抜けるそのスリル

患者服でなかったのが幸い、怪しまれず逃げ出せた
あとはメトロの駅さえ見つかれば宿に戻れる
Où《ウ》 est-ce《エス》 qu'il《キリ》 y a《ア》 la《ラ》 station《スタスィオン》 la《ラ》 plus《プリュ》 proche《プロシュ》?（最寄りの駅は？）
駅の所在は通りがかりのパリジェンヌに教えられた

断れば、パリの救急体制の手落ちを揶揄《やゆ》する気は毛頭ない
病院から抜け出すアバンチュールを味わってほしいまでだ

だが、謎は残る。あの夜のアジア人救急患者のカルテは
どう処理されたか。十時以降、disparu《ディスパリュ》（行方不明）とでも？

（二〇〇二）

＊詩人ミツキエヴィチ（一七九八―一八五五）の生誕二百年を記念する学会に名篇叙事詩『パン・タデウシュ』（講談社文芸文庫）の訳者として列席したパリ滞在中のある日の事件。教訓――空腹を我慢して長時間、歩き回るのは危険です。それにしても、あの日の晩めしはどこで食べたか。

郷愁満洲

満洲を去ったのは一九四〇年の十一月三日
別の書き方なら昭和十五年の明治節の日
「紀元は二千六百年」と記念の唱歌に歌われた年である

奉天駅には親友の黒羽幸司ひとりが見送りにきてくれた
お互いに細い白線入りの制帽だけが黒く、外套も制服も国防色
二級上までなら内地並みに紺のサージ、夏は霜降りなのだが

足元にはたぶんその日も学校指定の黒の編上靴を履いていた
(懐かしい編上靴だが数年前、銀座の靴屋で訊くと中年の店員も知らず
有名なその店に編上靴はなかった。学校教練に必須の尾錠《びじょう》付きブーツが……
あのころ、編上靴と言えば、長ズボンと並んで中学生の象徴だった
編上靴は軍隊式のヘンジョウカでなくアミアゲグツと優しく読む)

昭和九年の三月下旬、大阪商船の定期船に乗って、神戸から大連《だいれん》に着き
連京線で奉天駅に到着、朝もやの千代田通りを二台の馬車で走り
萩町《はぎまち》一番地の二階建てへと運ばれた。枯れ蔦《つた》に覆われた黒い家だ
東京に残した長兄を除いても、兄弟姉妹七人だから馬車は二台要る

着いた日から立ち去るその日まで数えて六年と七ヶ月余
のちのワルシャワ生活の七年一ヶ月余りに比べれば短い年月だが

なにしろ小学校四年から中学の四年までの歳月はむやみと長い
短ズボンが長ズボンと代わり、英漢幾何代数西洋史東洋史を学び
声変わりも終わって、ひげが目立ち始める年齢となっている

生まれ故郷の大連、育ち盛りの奉天、共に再訪の日は遂にくるまい
終戦の日の衝撃はあれらの地が突然に遠ざかったとの喪失感だったが……

(先日、大連生まれの知人に勧められ、ロケ地に大連が選ばれた
張藝謀《チャンイモウ》の新作を見に出かけたが、景色の少なさに期待は外れた
日本領事館への逃げ込み事件の瀋陽の写真には旧奉天の影もない)

要するに、ぼくが憧れるのは大連や奉天の過去の幻に過ぎない
海は黒石礁《こくせきしょう》や星が浦の夏、奉天なら千代田小学校、第一中学校の建物
年ごとに替わる新しい教室、また忠霊塔、碁盤の目のような鉄道附属地

砂山、城内、郊外なら北陵、東陵
万国旗に飾られた運動会のグラウンド、そこが冬にはスケート場と変わる
生きて動く生徒仲間、教師、兄弟、両親のその幻影
シナ人街の賑わいやら物売りの呼び声、並木の夏木蔭のお茶売り風景……
安部公房は渾河《こんが》沿いの砂山の記憶から、後年、傑作『砂の女』を物した

最初の冬、父に連れられて初めての国際スケートリンクでは
兄もろとも姉たちのお下がりの錆びた旧式のスケートを履き
やはりお下がりの毛皮の防寒帽を深々と被り、三百メートルの
内側コースを転び転び、のろのろと歩き、汗だくとなった
やがて兄はフィギュアの、ぼくにはまずロングの新品が買ってもらえた
三寒四温の急に暖かな日、スケート場に赤旗が立ち、シーズンは終わる

もともと満洲教育専門学校附属を名乗る千代田小学校は教育熱心だった

春、理科担当の堀先生は公園にクラスを率い、タンポポの根を掘らせた
二〇センチ以上も長い根っこを掘り出すのは苦労だが楽しかった

四～六年担任の岡田先生は口ひげの美男子で、若い奥さんが妖艶だった
先生の忘れ物を取りに二、三度、自宅に走らされ、この美人妻に惚れた
何かの傷が原因で手術の末、気の毒にも岡田先生の足は片びっことなる
戦争が始まっても、そのお蔭で先生は当然、召集を免れたはずだ

映画は父兄同伴以外は禁止、許可されるのはエノケンや高瀬實乗《みのる》ばかり
酷寒一週間の寒稽古、朝礼は寒天下、裸体での天突き体操、それにまた
春秋の全校マラソン、同じく行軍、野外教練など——中学校は厳しかった

冬の昼休みには、ウォーキングと呼ばれたクラス担当教師引率の
校外散歩が励行された。外套を着込んだ生徒らが列を組んで歩く

女学生の同じウォーキングの一隊に行き合うとぼくらは奇声を発した

歪んだ中折れ帽の下にメガネを光らせた生真面目な担任のへビ、本名は功刀《くぬぎ》先生と言ったが、奇声を聞くと曲がり道を急いだ。受け持ちは英語だ

このへビと工作のガンジーには、遠くから大声で綽名《あだな》を叫んだために
その場で殴られ、漢文の八浪《やつなみ》には答案提出が早すぎると出席簿で叩かれ
目立ちたがりの生意気な生徒だった。もうひとりの教師にも殴られた

書館（シナ式の娼家）の一画が控える新富町《しんとみ》の新富座はエノケン上映の
活動写真館で、そこから二、三分の近さに知味斎《ちみさい》という食べ物屋があり
天津包子《てんしんパオズ》が旨かった。岩崎宏、西尾長文ら悪友が集まると、禁を犯して
包子を食いにそこの二階に上った。一個一銭だったような気がする
新富座には思い出がある。そこで東海林《しょうじ》太郎が歌いにきた折

母や兄と連れ立ち、挨拶に行った。父の大石橋事務所長時代の部下と聞く――真っ赤な夕陽《ゆうひ》、長沼付近の崩れかけた登り窯《がま》風の煉瓦工場、その近くのよく遊んだ廃線のトロッコ線路、アンズの花咲くころの蒙古風、柳絮《りゅうじょ》舞う街の通りに行き交う馬車《マーチョ》やら洋車《ヤンチョ》やら、サンザシの実を甘く煮て串刺しにしたタンホール売りや冬場の焼き栗売り、「はさみ、ほうちょう、かみそりとぎ、バリカンなおし」と中国訛りの声、さては春節（旧正月）到来の夜中の爆竹の音、葬列の泣き女の声や銅鑼《どら》の音、先頭を行く貼りぼての貧弱な馬の姿、撒かれる紙のお金――あれら郷愁の情景とか響きとか、湧き起こる思い等々を勢い込んで語ろうとしてぼくは、ある年ある月の月刊誌の座談会の途中で長く沈黙した

ハルビンにいた同席のロシア文学者も、新京に長かった女性の小説家も急に終戦後の満洲の混乱や不幸、悲惨の話に乗り出して、熱《ねっ》っぽく語り

幻に見たい懐かしの満洲、遠く失われたぼくの故郷は忽然と消えた
あくまでも、満洲は満洲、奉天は奉天としてぼくの郷愁を誘い続ける
「中国東北部」と表記されるあの書き方の冷たさがぼくには馴染めない
昔と同じ風が吹き、同じ料理が食え、同じ風景の連なる大陸であろうと
ぼくの郷愁がその土地へとぼくを連れ戻してはくれない

植民地育ち（それを旧支配者、侵略勢力の一味と呼ばば呼べ）の甘えから
いかにも口幅ったい注文をここに書き留《と》める勝手を許してくれるなら
ひとこと言わせてほしい

「偽満洲国」と中国のメディアが蔑《さげす》むあの地域の豊かな資源とその開発に
力を尽くした人々を軽蔑するな、現地の住民の生活水準の引き上げに
努力したに違いない同胞の汗と血とを蔑《ないがし》ろにするな、軍部の暴虐と

罪なき父祖たちの地道な献身とを同一視しないでほしい、彼らが
戦後の混乱のなかで棄ててきた膨大な遺産を大切にしてくれ

お互いの生活水準と政治体制の違いに乗じて、また国家的エネルギーと
軍事力の格差が、あのような侵略をほしいままにしたことは潔《いさぎよ》く認めるが
日本が軍備を放棄し、他国支配や軍国主義と永遠に絶縁した証拠は
過去六十年、どこの国とも敢えて戦争しなかったことに看取してくれ

大躍進や文化大革命、その陰の下放やら、さらに大飢饉やらで失われた
数千万の中国国民の悲惨を思うと、ぼくは日本の満蒙経営が
必ずしも罪業ばかりであったとは思い切れないのだ

すべてこれらは満洲への郷愁を抱いたまま、その故郷へ戻ろうとしない
ひとりのぢぢいの綴る感傷の遺言に過ぎない

陳謝妄言，對不起！（かってな言い分、ごめんなさい）

（二〇〇二）

法文経十番教室ほか

法文経十番教室

大学の正門を入って銀杏並木に沿い、左側ふたつめの建物の
最初の入口を潜って二階へ上がり薄暗い廊下を突き当たる
と、そこが「民文協」の専用する法文経十番教室であった
法文経とは法学部、文学部、経済学部の三学部共用の教室の意味だが
三学部とも授業にもゼミにもここを使わないのは、到底、不向きだからだ

そういう役立たずの部屋のせいで、民文協に提供されたのだろう

民文協とは民主主義文化団体協議会と大げさな団体名の略称だが
民主主義には（そのころの用語法だと）左翼系という響きが濃厚で
主に共産党系や社会党系の学生組織から民文協は成り立っており
手っとり早くいうと、十番教室は左翼学生の溜まり場の観《かん》があった

薄暗い廊下の突き当たりのドアの向こうには、横に長細い部屋があり
反対側の窓は大きくても、入口から遠すぎるため部屋全体はつねに暗く
天井からふたつか三つ下がる電灯も、照明としては絶望的に不足する
設計上は教室用よりむしろ倉庫用に予定された空間かと思える
そのくせ壁面には黒板があちこちにあり、体裁だけは教室らしかった

民文協に属する団体には、自由映研、劇研、劇団ポポロ、ソ研
なんとか経済研とか社研とかもあったようだし、大震災以来の伝統ある
東大セッツルメントもその傘下。東大学習会と言ったか、高校生相手に

進学指導や講習会も催すらしい受験塾風の組織もあったが、知るかぎり
協議会は名ばかりで、それらしい会議も、お互いの繋がりも希薄だった

一高の先輩で法学部にいた馬場宏の提唱で生まれたばかりのソ研
（ソビエト研究会）にぼくは加わった――いずれも旧制高校で
ロシア語を習った学生たち、川上洸《たけし》、丹辺《にべ》文彦、直野敦《あつし》らがいた
大使館の前身にソ連代表部があり、だれかの伝《つて》でそこの子弟をソ研へ呼び
話をさせたが、公式論の繰り返しに飽き、二、三回で取り止《や》めた

楽しかったのは三菱21号館の代表部が週末に開くソ連映画の上映会で
「陽気な連中」、「十月のレーニン」、「チャパーエフ」などを観たし
大発生した農業の害虫は資本主義国の策略と暴くニュース映画もあった
書物《しょもつ》も安く買えた。スターリン賞受賞作の主人公の夢に現れるスターリンは
夢から遠く、その書記長の写真が連日のプラウダを飾る嫌な時代であった

朝鮮戦争のさなか、宮城前広場で開かれたメーデーにはロシア語で
「世界平和のために」と書いた横断幕をぼくらは得々と持ち込んだ
そのつもりで ЗА《ザ》 МИР《ミール》 В《ヴ》 МИРЕ《ミーリエ》 と赤地に白で記した幕は川上の手製である
学生の街頭デモには揃って参加した。ソ連は「平和の砦」と信じられていた
スターリンが死んだのは一九五三年三月、卒業の翌年のことになる

学習会のリーダーには横瀬君という笑顔を絶やさぬ小柄な学生がいた
週末になると、女子高の制服を着た美少女が必ずやってきて
横瀬君との打ち合わせに余念がなく、仲睦まじくさえ見受けられた
ぼくは早のみこみに横瀬君のお嫁さんはこの少女と思い込んだ

*

五十年後のことし二月五日、横瀬君に招かれ、人形町《にんぎょうちょう》でお寿司を食べた

馬場宏の葬儀に弔辞を彼に頼んだのは、中学が同期と知っていたからだ
その馬場（江川卓）の話も出たが、劇研にいた野村喬《たかし》*を病床に見舞うと
痩せ切っているのに頭だけははっきりして……と低声《ひくごえ》で痛ましげに語った
横瀬君とは、のちに企業体セゾンを興した堤清二さん、詩人で小説家の
辻井喬氏のことでもある。彼の口から聞き出したかった美少女の正体は
ついに不明に近い。それはそうと辻井さんが〈喬〉の名を選んだのは偶然か

（二〇〇二）

* 劇研メンバーの野村喬は長くテアトロ社の編集長を務め、ムロージェクのドラマ集『タンゴ』を出版した。ぼくの訳した作品もそこに収められた。故人。

若林さん

小学校に上がる直前のある日、思いもかけず
入学祝いのランドセルがぼくに届いた。総革製のそれは
飾りの乏しい茶色で、子どもの目にも少し見劣りがした
満洲のどこか遠いところに住むらしい
その送り主の名が〈若林《わかばやし》の小父《おじ》さん〉で
母親から聞かされたその名には、あやふやな記憶があった
（東京は小石川の鼠坂のてっぺんにあった家でのことだ）
ぼくはランドセルを手に二階へ上がると

押し入れのなかに籠もり、小半とき
涙が止まらぬまま、暗がりで泣きじゃくった

一年坊主になろうとするぼくが、あのときなぜ
泣いたのか理由はしかと分からない
泣き虫だったたから、遠いところにいる、よく覚えていない
よその小父さんが、ぼくの入学を忘れずにいて
いくらかお粗末ながら、祝いのランドセルをくれた
――そのことに感じ入って、泣きたくなったらしい
（いま数えれば、大連《だいれん》からの引き揚げは三歳と数ヵ月のときだ）
翌日、母に言われるまま、短いお礼状を書いた　たぶんカタカナで
（その秋、昭和六年九月十八日、満洲事変が起きた）

＊

それから三年後、四年生となる春休みに再び移住の日がきて
ぼくら一家は、神戸から大阪商船の定期船に乗り
三兄弟と妹の生まれ故郷（弟ふたりと長姉次姉は除く）
大連の港で下船し、十数時間の汽車の旅の果て奉天に着く
晩冬の薄もやの朝早く奉天駅に出迎えた人が、もしも
あれば、それはたぶん若林の小父さんだったろう
（小父さんは満鉄時代の大連で父の部下だった）

奉天の萩町《はぎまち》住まいが落ち着くと、週末のたびに兄と連れ立ち
若林さん夫婦の住む葵町《あおいちょう》の満鉄社宅へ泊まりにゆく慣《な》わしが
いつか定着した。（入学祝いの例のランドセルは卒業まで
なぜか兄に譲られ、ぼくは両親の買った少し上等のが使えた）
兄とは二つ違いだが、学年は一年しか違わず、ほとんど年子《としご》で
子どものない中年の夫妻にとって、寂しさが紛れたのだろう

（小母さんは小柄な和服美人で、四角《しかく》な卵焼きが上手だった）

わが家から歩いて十分ほどにある葵町の四階建ては満鉄社宅と呼ばれ
戦後の〈団地〉よりも立派な鉄筋造り、若林宅はその一階の三部屋《へや》で
社宅専用の共同浴場が近い。小母さんとゆくと、女風呂に連れられたが
小父さんが連れてゆく日もあり、遅く戻れば独り風呂にゆく
風呂上がりの小父さんは、着物に着替え、みなで卓袱台《ちゃぶだい》を囲む
肥った小父さんは晩酌を欠かさず、上機嫌の赧《あか》ら顔となった
（小母さんの厚焼きの小綺麗な形が懐かしい。それと蒲鉾も）

＊

小父さんは兄を恒《つね》くんと呼び、ぼくはウータンだった
ユキチャンの舌足らずの発音に由来するこの呼び名は
ウッタンが正しいのに、小父さんだけはウータンと呼んだ

お返しに兄弟は小父さんのことを秘かにワカバッタンと呼び慣わした
ワカバッタンの部屋には手巻きの蓄音機が置かれ
三遊亭金馬の落語と大辻司郎の漫談とが入ったレコードの裏表を
繰り返し聴き、ついにはすっかり覚えてしまった

定吉《さだきち》や、へい、何か御用ですか、用があるから呼んだのだ
呼んだから、きたんです、口の減らないことを言うな
口が減ったら無くなっちまいます…これが金馬の出だしだ
この…酒は百薬の長と申しましてと司郎は医者の講演をまねた

歌のレコードは坂田山心中がテーマの「天国に結ぶ恋」だけがあり
哀調を帯びたメロディーはいまも歌える
〽ふたりの恋は清かった神さまだけがご存じよ
死んで楽しい天国であなたの妻になりますわ

ワカバッタンの家には「主婦の友」が毎号届いていて
カラーページに組み、七五調で書かれた佐々木邦の
ユーモアものを愛読した（挿し絵作家の名は細木原青起《ほそきばらせいき》だ）
総ルビ付きの連載小説ももちろんときどき楽しんだはず
ワカバッタンは佐渡ヶ島の出身（学校は早大専門部）で
秋ごとの奉天新潟県人会運動会にぼくらを連れ出しては
駆けっこなどの賞品に大喜びする兄弟ににこにこしていた

＊

唄も歌わず、親友も持たず、無藝の小父さんに趣味はないが
茶の間の窓際にはカナリアの籠を下げ、鳩時計も鳴った
熱心にやっていたものに新聞記事のスクラップがある
メリケン粉でこさえた糊で丁寧に貼り付けた切抜帳は

全部で二、三十冊もあっただろうか。事項別にきちんと
分類されていたが、眺めても面白くはなかった
（子育てを知らない夫婦は、子どもの相手が不得手なのだ）

満鉄は消費組合が普及していて、青葉町《ちょう》に何階建てかの百貨店を構えた
わが家では若林家の通帳を特別に借り、たいていの買い物に役立てた
ぼくのホッケー靴や兄のフィギュアーの靴などもそこで買った
一貫目の西瓜をえっちらおっちら家まで下げて帰った夏の日もある
現金は使わず、帳場に並んで記帳を待つ。「若林さん」とそのつど呼ばれた
毎月の勘定は両親から若林家に払い込まれていたに違いない
（ある日、小父さんの職場に行った。奉天駅用度課の課長であった）

＊

終戦からどのくらいか過ぎてか、長瀞《ながとろ》の両親宛に若林夫妻から便りが届いた

無事、佐渡ヶ島の故郷に戻ったのでご安心をという内容だが
わが家では次兄が戦死し、長兄がシベリヤから痩せこけて帰り
長姉が五人の娘を連れて撫順から、未亡人となった次姉が新京から
娘二人を率いて、それぞれ引き揚げてくるかこなかったころで
帰国を迎える手紙を出すべきところをそのままとなった
五十歳前後と思われる夫妻があれからどれほど生きたか、それさえ知らない

わが家に残る小父さんの写った一枚きりの写真は、兄の中学入学記念に
萩町で父が撮った。ぼくは木刀を地面に突き立ててふざけ、弟妹も母もいる
ワカバッタンの家にお邪魔しなくなったのは、あのあとだったか
永年、貼り込んだ苦心のスクラップブックは間違いなくスクラップと消えた
ワカバッタン、若林の小父さんの名は若林芳藏である
二〇〇三年九月十八日（あっ、満洲事変発生の日付だ）

俳句もどき

振り返りふりかへり少女とほざかる

振り返りまたふりかへり桜かな

振り仰《あふ》ぐかつ咲きかつ散る大《おほ》花火

振り返りふりかへりつつこの世かな

（二〇〇三年九月二十六日）

転居

——個人的なメモ

［戦前］

関東州大連市児玉町四番地（一九二五年三月、出生。二姉二兄に次ぐ五番目。父雄助は当時南満洲鉄道株式会社勤務、母コウ）→同山城町（二七年四月妹恵美子誕生）→二七年、東京市本郷区弥生町三番地（二九年三月、弟大助誕生）、同小石川区西原町三丁目→同本郷区駒込二丁目→同小石川区小日向台町三丁目（小日向台町小学校入学）→同中野区上町一番地（桃園第三小学校二年転入学、三三年一月、次弟和雄誕生）。三三年三月、一家を挙げて満洲へ移住。→奉天市萩町一番地へ。千代田小学校四年転入学。三七年四月、奉天第一中学校入学。同七月、支那事変始まる。その後は→紅葉町一番地→同三番地→平安通り三十八番地。四〇年十二月、一家は奉天を引き払い→東京市中野区江古田《えごた》二丁目二一一七に転居する。一足先に同年十一月、私立本郷中学校四年転入学。

［戦中］

四一年十二月八日、大東亜戦争勃発。四二年三月、中学卒後、二年間の高校浪人中は市ヶ谷の受験塾、城北高等補習学校夜間部で勉学。次兄恒幸（年齢差二歳）、四三年十二月、拓殖大学予科ロシヤ語科学生として比島に出征。同年同月、妹恵美子、肺浸潤のため病没。東京帝国大学宗教学宗教史学科卒の長兄張雄《はる》（年齢差六歳）、四四年三月、応召、北満国境の黒河へ。同四月、大助、海軍兵学校に入学。同五月、善隣外事専門学校ロシヤ科入学（二年進級と共に退学）。同年十二月、工場動員のため→名古屋市外の須ヶ口にある豊和重工業学生宿舎へ。留守中、四五年五月、江古田の家は戦災により全焼、両親らは疎開先の埼玉県長瀞に定住。同年七月、水戸の歩兵第三十八聯隊に八月二十日、入隊せよとの召集令状が届くも八月十五日の終戦により救わる。

［戦後］

同年秋、日米会話学院の第一回受講生となり、友人Kの住む小金井市貫井の浄土真宗幡随院の宿舎、白道寮に入寮。→四六年初頭、中野区下落合四丁目の友人S宅に弟大助（年齢差四歳）と共に下宿。同年一月、次兄戦死の公報あり。同年三月、米占領軍下に設けられた民間検閲局C.C.D.に勤務、中央郵便局で郵便の検閲・翻訳に携わる。弟は芝浦の米軍倉庫に通訳として勤務。同四月、極東国際軍事裁判所 International Military Tribunal, Far East 弁護団言語課翻訳官に転ず（同アルバイトは四八年十一月まで、封鎖預金分を両親に送金）。同九月、第一高等学校文科（英露）入学により以後、二年半、渋谷区駒場にて寮生活。大助は一橋大学の国立寮に入寮。四七年夏、カラガンダ（カザフスタン）などの俘虜収容所抑留を経た長兄が帰国。その前年、撫順の長姉洲子（年齢差十二歳）、新京の次姉満里子（年齢差八歳）が共に子連れ引き揚げ。

東京大学フランス文学科入学を機に ↓ 四九年四月、杉並区天沼一丁目M氏宅に寄宿（友人Sの妹のアルバイトを譲られ、後がまとしてM家子弟の家庭教師を務める）↓ 五〇年春、右完了に伴い、同天沼二丁目小山《こやま》方に移り、通学（高校・大学を通じ、奨学金を受け、さらに授業料免除）。卒業間際、友人Oの義兄夫妻の仲立ちにより、新橋の一富士ホテル経営某氏夫妻の養子見習いとなり ↓ 五一年十月、麻布十番に近い養家に下宿。卒論提出後、五二年一月末、出奔して養子を辞退 ↓ 急遽、友人Mの下宿、世田谷区下高井戸に間借り。在学中より同人誌「世代」（吉行淳之介、日高普、中村稔、矢牧一宏、佐久間穆、橋本一明、都留晃、米川哲夫、いいだ・もも、森本和夫、濱田泰三《たいぞう》ら）詩誌「カイエ」（飯島耕一、栗田勇、村松剛、東野芳明ら）に参加。

東大卒ののち、同年二月、日本新聞協会調査課（のち編集課）に就職。同五月、宮城広場における流血メーデーの現場に立ち会う（富本壮吉、江原順と逃げ回る）。このころ奥野健男主宰の同人雑誌「現代評論」に加わる（仲間に服部達、島尾敏雄、吉本隆明、日野啓三ら）。「世代」同人の堀切M女と ↓ 同六月、杉並区天沼の神戸《ごうど》方の四畳半を間借り、同棲を始めるが、勤め先の先輩Iから同棲は不真面目と絶交宣言で脅され、七月、正式に結婚。以降、

M女の気紛れの要望を容れ、随時八回もの引っ越しを敢行する。記憶を呼び覚ませば、順不同ながら、大森→西荻窪→同じく西荻窪→三鷹→井荻→小平（村松剛宅）→国立等々。五三年七月、長男万比呂《まひろ》出生。五四年四月、共同通信社外信部に転職。五五年春、ようやく公団住宅に当選→世田谷区西経堂団地へ。五六年三月、父、網走で死去。同八月、次男素生《もとお》が誕生。五七年九月、東京で母も死ぬ。五九年七月、フルブライト留学生として単身渡米→キャンザス州ローレンス大学オリエンテーション・センターを経て、同九月、インディアナ大学大学院スラブ研究所院生となり→インディアナ州ブルーミントンの寮GRCに起居（二学期間）。六〇年六月、安保反対デモ最中の東京に戻る（渡米も帰国も共に海路）。六四年九〜十月、東京オリンピックの事前取材を任務として、当時の東欧諸国を各一週間歴訪（ルーマニア、ブルガリア、ユーゴスラビア、ハンガリー、チェコスロバキア、ポーランド。その後、モスクワ〜イルクーツク間はシベリア鉄道の旅）。六五年八〜九月、ソ連作家同盟の招きに基きロシア文学翻訳者のソビエト訪問団（団長丸山政男、江川卓、原卓也、木村浩、水野忠夫ら）に加わり、日本の作家代表団（団長長谷川四郎、中村真一郎、小田実、井上光晴ら）一行と共にモスクワのほかレニングラード（一泊のみ）に滞在。帰途、島尾敏雄、中薗英助を伴い、ポーランドのワルシャワに滞在。勤続十年の有給休暇三週間をこの旅行で完全消化する。その前後、M女と離婚して、現在の妻、久代と再婚し→渋谷区豊分町へ移る。

六七年八月、ワルシャワ大学東洋学研究所日本学科主任教授、来日したW・コタンスキ博士の慫慂に基づき、同学科日本語講師の後任（前任者、米川和夫）を引き受け、共同通信社を退職、妻を同伴してナホトカ、モスクワ経由、六七年十月、任地に自費赴任。七四年十一月のビザ拒否までの七年間→ワルシャワ市オコポバ Okopowa 街45→同スィレニ Syreny 街12→カルビンスカ Karwińska 街36を転々とする。この間、共同通信社の通信員、七一年以降は駐在員を兼任。ワルシャワのわが家は日本人旅行者を含め、千客万来の観あり。七四年九月を最後に滞在ビザ切れのところ、折からポーランド著作者協会 SGPiS の翻訳賞受賞を利して、同十一月末までの延長許可を取得。同十一月二十九日、ワルシャワ空港を去り、ヨーロッパ各地（イタリア、西ドイツ、オーストリア、ベルギー等）を旅行ののち、七五年一月、オランダ、アントウエルペン港にて日本行きのポーランド貨客船に乗る。途中、バンコク、シンガポール、ジャカルタ、香港の各地共同通信社特派員を訪ねる。同年三月、日本に帰着（引っ越し荷物輸送費用を含むこの船賃はポーランド人民銀行の特別許可を得て、闇ドル交換によって七年分の給料の合算に相当する額を工面したもの。コタンスキ教授の折衝が成功した。総額は横浜—東京間の貨物運搬料金二十五万円を下回った)。↓中野区東中野のメゾネット式住宅に入居。「われわれは死に向かって突進しているのだ。宮仕えはよせ」との井上光晴の忠告を容れ、共同には復職せず。梶山季之が「就職の腹案はあるが、話は戻ってからだ」と言い遺して五月、香港に客死。幸い友人各位の斡旋よろしく法政(夜間部)、明治、早稲田などでフランス語、東京外語大でポーランド語の非常勤講師を掛け持ち、やっと糊口を凌ぐ。奥野健男、島尾敏雄らの推挽により、七七年四月、多摩美術大学教授に採用される。生活安定。七九年十二月↓調布市入間町三丁目の成城アトリエに居宅を得る。同時に、過去三十有余回に及んだ転居流浪の歴史を閉じた(終止符が打てたのは、友人柳瀬尚紀の転居先を訪ね、空室有りとの情報を得た妻の幸運と機転による)。九五年三月、定年退職。客員教授の名で六年間、延長し〇一年、大学勤務を終える。八四年四月、弟大助、八五年四月、姉満里子、九二年九月、兄張雄、〇三年十月、長姉洲子と相次いで死去。八人を数えたきょうだいのうち、残るは末弟和雄と共に二人のみ。孫娘、堀切志奈乃〇一年二月生まれ、同瑛理夏〇三年八月生まれ、共に長男万比呂、愛夫婦の子。(〇四年現在)。

[死後]

われわれ夫婦の墓所は日本文藝家協会運営の「文学者の墓」(御殿場の富士霊園内)。

あとがき

一、新旧の詩篇を集め、『不良少年』と題して上梓に漕ぎつけた。旧詩は満十六歳に始まり、戦時を含むが、多くは原稿散佚のため、記憶の底から浮かび出た残片のみ。未練があってどれも捨てられない。

二、一昨年三月、ある会合の席上、初対面の小田久郎氏より「工藤さんの詩集なら喜んで……」となぜか快諾を得、嬉しさのあまり調子に乗って書き溜めたのが新篇である。新作は主として幼少時の身辺や近時の雑録を出ない。

三、詩篇の配列については、鈴木啓介君（詩人、集英社元編集者）のお知恵を拝借した。小田氏の懇望に背き、題字以外は自ら筆を揮うことなく、多摩美大を出た若い画家、坂本佳子《けいこ》さんに、装画の構想を明かし、一任した。標題の篆書も啓介君の提案である。

四、久しく詩友として遇してか、中村稔氏からは、『無言歌』に始まる詩集の寄贈を受けてきた。大岡信君は、『詩への架橋』（岩波新書）のなかで、図らずもぼくに触れてくれた。また拙訳のW・シンボルスカ詩集『橋の上の人たち』（書肆山田）について執筆の際、晴れがましく訳者を〈詩人〉と紹介したのは、加藤周一氏である（「夕陽妄語」、朝日新聞、〇二年二月二十一日夕刊)。

五、「パチンコの詩《うた》」など学生時代の詩誌「カイエ」掲載のものは、主宰格の飯島耕一君がコピーして送ってくれた。しかも、二度までも——数年を挟んでうかつにも紛失の結果だ。みすず書房刊『詩と散文　全五巻』『白秋と茂吉』『萩原朔太郎1、2』などの近著恵与と共に友情の証《あかし》である。思潮社の藤井一乃嬢には、往年の「向陵時報」(東京大学駒場図書館所蔵)のチェックをお願いした。「檻」「初春の日に」「不良少年」「ひとに——」四篇がそこに掲載された。同人誌「エコー」に発表の「焼酎の歌」など探索の労はついに実らなかった。

六、夢久しかりし処女詩集(そして、恐らくは最終の詩集)がかくも美しく成ったのは、僥倖と呼ぶほかない。小田氏をはじめとする右の各位より賜った温かなこころ遣いの賜物である。ありがとうございます。併せて日本語詩の先達たち——啄木、賢治、朔太郎、中也、貘、猶吉、心平、冬衛、郁、薫ほかの霊に深く頭《こうべ》を垂れる。

七、では、みなさま、ごきげんよう。

工藤幸雄

二〇〇四年三月二十日　満七十九翁

不良少年《ふりゃうせうねん》

著者
工藤《くどう》幸雄《ゆきお》

発行者
小田久郎

発行所
株式会社思潮社
〒一六二―〇八四二　東京都新宿区市谷砂土原町三―十五
電話〇三（三二六七）八一五三（営業）・八一四一（編集）
FAX〇三（三二六七）八一四二　振替　〇〇一八〇―四―八一二一

印刷
メイク印刷

用紙
王子製紙　特種製紙

発行日
二〇〇四年六月二十日